AF363550

VENTE DU SAMEDI 9 MAI 1914
HOTEL DROUOT, SALLE N° 9

A deux heures

DESSINS de LÉPINE

Appartenant à M. B..., de Paris

AQUARELLES DE P.-G. VAN OS

(École Hollandaise du XVIIIe Siècle)

PROVENANT DE LA
COLLECTION DU DOCTEUR B..., DE NANCY

Tableaux Anciens et Modernes

APPARTENANT A DIVERS

Mᵉ J. ENGELMANN	**M. ALBERT JEHN**
COMMISSAIRE-PRISEUR	Expert près le Tribunal Civil
3, rue des Mathurins	11 *bis*, rue de Surène
PARIS	PARIS

EXPOSITION PUBLIQUE

Le Vendredi 8 Mai 1914, de 1 heure 3/4 à 6 heures

CONDITIONS DE LA VENTE

Elle sera faite au comptant.

Les adjudicataires paieront *dix pour cent* en sus des enchères.

Paris. — Imp. de l'Art, Ch. Berger, 41, rue de la Victoire.

DÉSIGNATION

COLLECTION DU DOCTEUR CH. B...
DE NANCY

AQUARELLES DE P. G. VAN OS [1]

ÉCOLE HOLLANDAISE
(xviiie siècle)

1 – *Première vue de Delft.*

2 — *Deuxième vue de Delft.*

3 — *Porte de Delft.*

4 — *Porte de Leide à Utrecht.*

5 — *La Tour à Utrecht.*

6 — *Vue de La Haye.*

[1] Toutes ces aquarelles sont signées au verso : *P. G. Van Os fecit.*

AQUARELLES DE P. G. VAN OS [1]

[1] Toutes ces aquarelles sont signées au verso : *P. G. Van Os fecit.*

AQUARELLES DE P. G. VAN OS [1]

23 — *Vue d'une Ruine de Ech en Duinen, près de La Haye.*

24 — *Vue du Rempart à côté du Mail à Utrecht.*

25 — *Vue de La Haye du côté du chemin de Schevelinge.*

[1] Toutes ces aquarelles sont signées au verso : *P. G. Van Os fecit.*

DESSINS DE LÉPINE [1]

APPARTENANT A M. B.... DE PARIS

---

26 — *La Rentrée au port.*
>> Plume.

27 — *Bateaux dans le port.*
>> Plume.

28 — *Bateaux de pêche sortant du port.*
>> Mine de plomb.

29 — *Moulins dans la campagne.*
>> Plume.

30 — *Étude d'arbre.*
>> Plume.

31 — *Le Repos sous bois.*
>> Plume.

32 — *Vieille Femme auprès d'une chaumière.*
>> Plume.

33 — *Rome : San-Lorenzo hors les murs.*
>> Mine de plomb.

(1) Chaque dessin porte le cachet : *Atelier S. Lépine.*

DESSINS DE LÉPINE [1]

34 — *Rome : San-Lorenzo hors les murs, avec le paysan debout.*
> Mine de plomb.

35 — *Vue de Montmartre.*
> Fusain.

36 — *Étude de cheval.*
> Fusain.

37 — *Marinier dans sa cabane.*
> Mine de plomb.

38 — *Canotiers.*
> Mine de plomb.

39 — *Aubervilliers.*
> Mine de plomb.

40 — *En pleine mer.*
> Mine de plomb.

41 — *Le Bac.*
> Mine de plomb.

42 — *Berger et moutons au bord de la Seine.*
> Pierre noire.

43 — *Le Pont de pierre.*
> Fusain.

[1] Chaque dessin porte le cachet : *Atelier S. Lépine.*

DESSINS DE LÉPINE [1]

44 — *La Clairière.*
    Pierre noire.

45 — *Le Village.*
    Pierre noire, rehauts de blanc.

46 — *Étude d'arbres.*
    Pierre noire.

47 — *Traversée en canot.*
    Pierre noire, rehauts de blanc.

48 — *La Vieille rue.*
    Pierre noire.

49 — *La Route du village.*
    Pierre noire.

50 — *La Route du village.*
    Pierre noire.

51 — *Bateaux près d'une île.*
    Mine de plomb.

52 — *Rochers au bord de la mer.*
    Sépia.

53 — *L'Étang.*
    Fusain.

(1) Chaque dessin porte le cachet : *Atelier S. Lépine.*

TABLEAUX ANCIENS
ET MODERNES
APPARTENANT A DIVERS

ABSHOVEN (Atelier de Van)

54 — *Kermesse.*

BENNER (E.)

55 — *Étude.*

BRAMER (L.)
(1596-1673)

56 — *Évasion de Saint Pierre.*

CABANEL

57 — *Étude pour tête d'enfant.*

CORTAZZA

58 — *Seigneur et paon.*
Aquarelle.

CROSIO (D'après)

59 — *Scène pompéïenne.*
Pièce en couleurs.

DECAMPS (Atelier de)

60 — *Chasseur dans la plaine.*

DEGAS (École de)

61 — *Danseuses dans les coulisses.*

DELACOUR

62 — *Paysage avec chaumière.*

Signé en bas à droite.

DULIN (Pierre)
(École Française, 1669-1748)

63 — *Portrait de Louis XV.*

ÉCOLE ALLEMANDE
(xvie siècle)

64 — *Triomphe de la Croix.*

ÉCOLE ANGLAISE 1830

65 — *Le Vieux Moulin.*

ÉCOLE ESPAGNOLE
(xviie siècle)

66 — *Galante réunion.*

ÉCOLE ESPAGNOLE
(Fin du xviie siècle)

67 — *Le Repos.*

ÉCOLE ESPAGNOLE

68 — *Glorification de la Vierge.*

ÉCOLE FLAMANDE

69 — *Christ descendu de la Croix.*

ÉCOLE FLAMANDE

70 — *Chien et Chat.*

ÉCOLE FRANÇAISE
(Fin du xviie siècle)

71 — *Portrait de Femme.*

Cadre ovale en bois sculpté.

ÉCOLE FRANÇAISE 1830

72 — *Portrait de Femme.*

ÉCOLE FRANÇAISE 1830

73 — *Sous bois.*

ÉCOLE FRANÇAISE 1830

74 — *Casque, dague, etc.*

ÉCOLE FRANÇAISE

75 — *Portrait d'un Sculpteur.*

ÉCOLE FRANÇAISE

76 — *Maternité.*

Pastel. Porte les monogrammes : *E. C.*

ÉCOLE FRANÇAISE

77 — *Pêches et bouilloire. — Poire et cafetière.*

Deux pendants.

ÉCOLE FRANÇAISE

78 — *Femme à sa toilette.*

Pièce gouachée.

ÉCOLE FRANÇAISE

79 — *Le Jour, la Nuit.*

Deux gravures.

ÉCOLE HOLLANDAISE
(xviiᵉ siècle)

80 — *Poissons.*

ÉCOLE HOLLANDAISE

81 — *Poissons.*

ÉCOLE ITALIENNE
(Commencement du xviiiᵉ siècle)

82 — *Taureaux et Chiens.*

ÉCOLE NAPOLITAINE

83 — *Vue du Vésuve.*

Gouache.

ÉCOLE VÉNITIENNE
(XVIIe siècle)

84 — *Vierge et Enfant Jésus.*

ÉCOLE VÉNITIENNE

85 — *Rebecca à la fontaine.*

ÉCOLE TYROLIENNE
(Fin du XVe siècle)

86 — *La Résurrection.*

FRÈRE (École de TH.)

87 — *Bord du Nil.*

GRAVURES

88 — Lot de 30 pièces environ. (Sera divisé.)

GUÉ (J.-M.) 1789-1844
(Élève de David)

89 — *Le Fermier et sa famille.*

Cadre en bois sculpté.

HEINSIUS

90 — *Portrait du Général?*

Signé en haut et à gauche.

HONTHORST (Attribué à G.)

91 — *Effet de lumière.*

JANSSENS (Atelier de JEROME)

92 — *Fuite de Loth.*

JORDAENS (D'après)

93 — *Ainsi que les vieux chantent.*

KOCK

94 — *Gibier à plumes.*

LAEMLIN

95 — *Portrait de Jeune Fille.*

LE NAIN (École des)

96 — *Portrait de Vieille Femme*

LENFANT DE METZ

97 — *La Jeune gardienne.*

MARILHAT (P.)
(1811-1847)

98 — *Esquisse.*

MILLET (Attribué à)

99 — *Portrait d'Artiste.*

MURILLO (École de)

100 — *Vierge.*

26

GUIDO RENI (D'après)

101 — *Madeleine.*

PARROCEL (Attribué à)

102 — *Mariage mystique de Sainte Catherine.*

PRUD'HON (École de)

103 — *Portrait d'un Ministre des Finances du Premier Empire.*

RAYMOND (Casimir)

104 — *Lagune à Venise.*

Aquarelle.

ROUX

105 — *Lavandières.*

Aquarelle.

RUBENS (École de)

106 — *Saint Sébastien.*

SALVATOR ROSA (École de)

107 — *La Foudre.*

SEILINA

108 — *Cavalier.*

Signé et daté.

SOLIMENA (Attribué à)

109 — *Enfance de Bacchus.*

STEVENS (École de)

110 — *Au bord de la mer.*

VAN THULDEN (Attribué â)

111 — *Adoration des Bergers.*

VOLLON (A.)

112 — *Pipe, Livres, etc.*
Signé en bas à droite.

WENIX (École de)

113 — *Aprés la chasse.*

ZURBARAN (Attribué à)

114 — *La Mégère.*

115 — Tableaux omis.

28 —— 18
30 —— 11
39 —— 11
44 —— 30
45 —— 21
47 —— 13
51 —— 9

113
11.30
124.30